세월이 바람인 것을

손영호 시집

본문 시낭송 감상하기

QR 코드 스마트폰으로 QR 코드를 스캔하면 시낭송을 감상할 수 있습니다.

제목 : 자유의 여명이고 싶다
시낭송 : 박영애

제목 : 가을 퇴색
시낭송 : 박영애

제목 : 나그네 시인
시낭송 : 박영애

제목 : 황혼 그리움
시낭송 : 박영애

시인은 자연을 이야기하고
시낭송가는 자연을 품었다.
글자는 날개를 달아 언어로 날고
소리는 자연에 눕는다.

시인의 말

세월이 흐르고 보니
지금에 마음은
세월과 같이
너무나 허전하고 허무할 뿐이다
바쁜 세월 속에 허덕이다
뒤늦게 시골의 풍경을 담아 글을 쓰게 되니
바람과 같이 흘려보낸 세월이 너무 아쉽다
하늘을 보고
멍하니 바라보고 있자니
옛 젊음의 시절이 생생한데
저 흘러가는 구름처럼
인생도 그렇게 자연스럽게 흘러가나 보다
"세월이 바람인 것을" 라는 글을
쓰면서
이렇게
옛 젊은 시절을 잠깐 생각을 하면서
한 권의 시로
세상에 발을 딛고
마음을 전하고 싶다.

시인 손영호

* 목차

* 목차

* 목차

* 목차

바람아 구름아

바람이 불고 있다
구름이 흐르고 있다
무엇을 싣고 불어오느냐
너는 또 무엇을 싣고 흘러가느냐

내
마음이 흔들리고
내 마음에
슬픔이 흐른다

오늘에 너는
내 몸을 다 흔들고 지나가지만
내일은
또 어떻게 불까나

흐르는 너는
저 하늘에 슬픔만큼
내 눈을 적셔 놓고
흘러가누나!

자유의 여명이고 싶다

갈매기 끼룩 되는 연안 부두
자괴감을 떨치기 위해
저 넓은 바다에 몸을 실었다
뱃길 가르며 떠나는
검푸른 바다
포말의 알갱이처럼 부서지는
생각의 잡념들

가벼이 바다 위에 내려두고
청혼(淸魂)한 마음으로
저 넓은 대륙의 길로 가고 있다

하늘빛 조차 휘감겨 버린
검푸른 바다를 지나
몸은 꿈의 뱃길로
무한의 생을 찾아가고 있네

밝은 별의 빛처럼
밝은 해의 빛처럼
이념의 삶을 얻고
홀가분한 자유의 여명이고 싶다

제목 : 자유의 여명이고 싶다
시낭송 : 박영애
스마트폰으로 QR 코드를 스캔하면
시낭송을 감상할 수 있습니다.

나 여기에서 사노라

나 여기에서 사노라
냇가에 물 흐르는 소리 들으며
봄 여름 가을 겨울 할 것 없이
나 여기에서 사노라

저기 저
잎 떨어진 나목처럼
홀로 외로이
또 하나의 유를 기다리며

꽃이 피면 꽃 따라
낙엽 지면 낙엽 따라
그렇게 그렇게
세월 따라
나 여기에서 사노라

내 몸이 나를 재우고
네 몸이 너를 재울 때
그때까지
행복하게
나 여기서 사노라

저 창공에 나는
작은 새처럼,

그 어떤 날에

꿈길 같은 삶에
꽃 같은 아름다운 날도 있었다.

그 어떤 날에
눈물겨운 날도
감추어야 할 슬픔도
때로는 사랑의 고개도
때로는 우정에 배신도
그렇게
역경의 발걸음도 디뎌 보았다.

삶은 하나의 꿈이요,
인생의 연극이요,
나의 바람이다.

그 어떤 날에는
내 마음을 송두리째 뽑아 파멸에 묻어 버리고
허허 낭랑하게 크게 소리를 지르며 웃어도 보았다.

세월이 바람인 것을

세월
떠나보내고
남은 것은 무엇인가
지나고 보면 모두 바람인 것을

꿈처럼
구름처럼
바람처럼
그렇게 흘려보내며
되는 것을

세월은
그렇게 지내고 보면
꽃이 한순간에 피었다가 지는
꿈 같은 인생인 것을

모두가 바람으로 지나가고
구름으로 날아가고
물처럼 흘러가는
나그네의
빈손 인생인데

세월은

따뜻한 봄꽃으로 왔다

가을 나뭇잎 떨어지는 것처럼

그렇게 허무하게 가는 것이 아닌가,

무념에서 살고 싶다

개념을 벗어나
허공에 마음으로 살아가는
자유인의 행락이 되고 싶다.

그 뜻이 무엇이던
마음을 다 비우고
저 푸른 하늘의 빛을
초원으로 가득 채워
그리움의 동행자로 같이 걸어가면서
살고 싶다.

순리에 순응하고
육신에 삶을 치유하면서
내면에 쌓인 경직된 마음들을 털어 버리고
온유한 세상으로 조용히 살고 싶다.

풍운에 들리는 소리를 외면하고
자연이 울려 오는 아름다운
무념의 세상에서
자연과 조용히 살고 싶다.

사랑의 갈채

바라만 봐도 즐거운 사람이 있다
허한 마음은 보는 즐거움으로 채우면 되지만
텅 빈 마음의 욕구는 무엇으로 채우리

어둠에 새어 들어온 갈채의 불빛처럼
마음에도 그대의 아름다운
그 불빛으로 가득 채워졌으면 좋을 텐데
무엇 하나 담으려 하니
그 그릇에 담기질 않구나

뿌려 놓은 세월의 씨앗도
익어 갈 수 없는 황무지의 그늘에서
누구의 주인이 될 수 없는 그리움이었네

바람에 가끔 흔들리는
내 마음의 중심에도
저 나뭇가지에 매달려 있는 낙엽의 조각과 같이
사랑의 힘줄에 매달려 아우성을 치고 있구나

가을 퇴색

봄부터 걸어온 것이
낭만의 계절 가을까지 왔다
따뜻한 봄꽃으로 가득 품은 환희에 꿈
망각의 계절로 떨구고
저 높푸른
가을빛이 되었네!

계절은 언제나 퇴색되어 지나가지만
돌아오는 계절은
또 다른 설렘의 염원이 아닐까?

가을 물빛에
가을 색깔의 형색들
고요한 밤 처량하게 들리는
풀벌레 울음소리
소슬하게 스쳐 지나가는
밤의 음률들이
또 다른 환상의 늪으로
하나씩 길들어져 가는군,

점점 깊어져 가는 가을 속
하나의 잎들이 떨어져 가는 모습에
저 높푸른 하늘도 조금씩 무거워지겠지
밤 별처럼 외로이...

제목 : 가을 퇴색
시낭송 : 박영애
스마트폰으로 QR 코드를 스캔하면
시낭송을 감상할 수 있습니다.

인생 휴식

한 줌의 흙먼지로 날려 버렸네!

세월의 낙엽을 하나하나 떨구고
나 홀로 가고 있네!

바람에도 아랑곳없이 마음을 은닉하고
저 푸른 하늘
구름 한 조각에 얹혀
고독으로 두둥실 떠 가고 있네!

잠시
푸른 하늘에 안기어 삶을 잠재우고
허기진 마음을
조금씩 채우려 하네!

삶에 의미

하늘과 땅 사이에 나
그
두 선 사이에
내 삶의 인생을 놓고
나란히 걷고 있다.

허공에 길에서
무엇을 잡으려 하는 건지
무엇을 쫓아 달려가고 있는 건지
그 황량한 벌판에 인생의 고삐를 잡고
눈물 흘리며 슬퍼할 때도 많이 있었다.

앙상한 날에는
메마른 가지를 잡고
비 오는 슬픈 날에는
생명의 촉을 잡고
화사한 봄볕에
꽃피는
그날의 향을
기다리며 살아가는 지도 모르겠다.

바다에 서면 파도에 의미

산으로 가면 그 땀에 의미

하나하나 알 것 같다

순리에 흐르는

삶의 대가라는 것을.

해무의 빛

오늘도 떠오르는
저 밝은 태양이
무한의 짐을 짊어지고
서쪽으로 바쁘게 걸어간다.

동해에 해무의 빛을 받고 자란
웅장한 산
저 푸른 노송에
사이사이 스며드는
금빛 줄기에 휘감겨
오가는 행인들에 감탄을 느끼며
장엄한 기풍을 자랑하고 있네!

모진 풍파에도 거뜬히 이기어
고진감래하며 지내온 세월이
울창한 숲
새들의 지상 낙원이 아니든가,

하루의 무상함이
오늘도 희망의 빛을
여기저기 다 뿌리고
홀가분하게 어두운 그림자만 남겨 놓고
해는 서쪽으로 훌쩍 떠나고 말았네!

산으로 간다

나는
솔바람 따라 산으로 간다
자연에 푸른 내음으로
빛의 그림자를 밟으며
하늘과 맞닿은
가파른 능선 길로 나는 걸어간다

메아리가 부르고
청음한 울음소리에
심정의 속내를 내뱉어
바람에 실어
고을의 메아리로 띄워 보내기 위해
나는 산으로 간다

걸음에 애환을 딛고
오늘도
내일도
바람 따라 그곳으로
나는 걸어가고 있다.

꽃이 피면

꽃이 피면
봄 새도 찾아오겠지

진달래 아름드리 다발에
벌 나비 서로 속삭이며 꽃잎에 입맞춤도 하겠지

바람에 살랑이며 나풀거린
향기에 님일까
가득 품은 향취에
봄은
내 몸에도 가득 차고 있겠다

이곳 봄도
저기 저 연분홍 꽃잎을
흔들고
너울 속에 한들거리며
하늘을 보고 환히 웃고 있을까

햇살 속에
봄꽃 그리움 기다리면서,

봄 눈

솜이불처럼 나붓이 깔린
백설
가녀린 붉은 꽃 가지에
하얀 눈꽃 송이 되었네

동면의 꿈을 깨고
언 땅 위로
살포시 고개를 내민
여린 풀잎에 꽃잎들
살갗에 부딪힌
차가운 백설의 냉기에 깜짝 놀라
느닷없이
계절의 망각이 되고 말았네

열정의 몸부림으로
땅 위로 피어오른
봄 사랑의 열병이
천사 같이 밝게 쌓인 흰 눈을
금세 사르르
다 녹이고 마는구나!

귀소본능

계절마다
떠나고 오는 철새처럼
우리들의 마음도 떠났다 다시 뒤 돌아온다

능동적인 마음에
푸르르면 푸른 마음으로 오고
낙엽 지면 쓸쓸한 마음으로 오고
겨울이면 하얀 눈 내리는 그리움으로 온다

떠났다 다시 찾아오는
귀소본능의 관능 속에서
움직임의 삶이
어쩌면 몸속 깊숙이 박혀 있었는지도 모른다

동쪽에서 서쪽으로 가
다시
서쪽에서 동쪽으로 오는 것처럼
우리는 언젠간 귀소본능의 길로 다시 돌아온다.

사랑아

사랑아
너를 버릴 수 없네!

사랑이 떠난 빈자리에도
네가 그립고

슬프고 눈물 흘려도
마음에는 항상
네가 남는구나,

헤어짐의 아픔
그 상처에도 사랑
그 존재는 잊을 수 없고

마음을 할퀴고
분노의 증오가 되뇌어도
사랑
너는 밉지가 않다.

마음에 푸른 초원

새가 되리라,

그대 마음에서 훨훨 날 수 있는
자유의 작은 새가 되어
마음의 숲에서 살리라,

공간의 자유에
작은 둥지를 틀고
품의 초원에서
그대 마음으로 살리라,

소박한 작은 꿈
우리의 숲속에 희망
아름다운
노을의 보금자리에서
행복을 담으며
초원의 빛으로 살아가리라,

동백꽃

어느 집 뜰에
붉은 동백꽃 피어있는 걸 보았네!

아직 동절은 가지 않았는데
찬 이슬에 얼어붙은
꽃잎이 가여워라,

얼마나
보고 싶어서랴,

그리운 임,

사랑이 그리워
추위에도 아랑곳없이
입술 내밀면서
향기를 풍기고 있네!

누가
그 꽃잎에 사연을
알꼬...

여정에 종점

골물이
유유하게 흐르는
끝없는 긴 여정
곡수(曲水)에 흔적의 고난을
깊이 남기고
저 넓은 강에 그저 휘어 감겼네,

여정의 종점에
깊은 강물로 잠겨
그림의 빛으로
너를 여기에 가두고 말았나,

좁은 수림을 벗어나
평온처럼 아늑한 호수의 강에서
너울 속에 피어오르는
뿌연 안개
흩날리는
그 속에 내가 홀로 서 있네,

바람에 출렁이는
너울을 바라보며
외로이 홀로...

잃어버린 삶

밤이면 홀로 거리를 서성인다
삶을 잃어버린
회고의 날들이 전개될 때
걸어가는 밤거리에는
그림자만이 외롭게 내 뒤를 따라온다

억겁이 흐르는 고독
어둠 속에서 빛의 광채를
휘어잡듯
마음을 선동하여 삶의 감성들을 잠재운다

반복이 되는 생활
꿈을 저버리고 태워야 하는
어두운 항해의 선상
내 잃어버린 영혼들이 조금이나마
살아 숨 쉴 때
역동(力動)의 페달을 밟아 저 어둠을 뚫고 달려가리라!

봄비

봄이 오는
나목에도 꽃은 피는구나
아주 먼 곳에 있는 줄 알았던
봄이
아주 가까운 곳에서 기다리고 있었네

꽃처럼 아름다운
여인에
두 볼에도 곱게 물든
봄이 왔네

따뜻한 봄꽃에
촉촉이 내린 봄비는
속살까지 스미어 뽀얀 입김의 향기처럼
대지 위에 그리움으로 소생하는구나!

미소의 향기

입춘 지절(枝節)에
하얀 백설 날리니
꽃잎이 놀란 듯 몸을 움츠린다

반짝거리며 보석으로 둘러싸인
아름답고 가여운 꽃망울이여
추위에 오들오들 떨면서
절규에
봄의 빛을 기다리누나

몽울 진 꽃 가슴에
미소의 향기마저 잃어버릴까 봐
겹겹이 꽃잎으로 감싸 안고

춘풍이 불어오고
백설 녹아떨어질 때
그때 미소의 향기가
봄바람으로 훨훨 날아가겠지,

안개비

불빛에 흐르는
안개비
거리에 나부시 깔린다
숨죽이고 있는 밤거리에
연인들이 부시(負恃) 되는
애심에 거리

여기저기
자유의 공간 속에서
푸념의 허세를 부리고
동심(同心)으로 널어놓고 있네

서로가 옷자락을 스치며
영입을 표시하고
언성에 맞추어
길을 걸어가는 연인
서로의 마음과 마음을 선회하면서
안개비 흐르는 밤거리를
조용히 걸어가고 있다.

여인의 손

한 여인의 손을 잡았다
그 순간
꽃잎에 손이 닿은 듯한 느낌
감미로움에 온몸에 선율을 느끼고
마음의 쾌락으로 전수 되었네

그것을
오롯이
마음의 그릇에 담아
심장의 뿌리가 되었으면 좋겠다

그대
지킴이 사랑으로.

사랑에 보금자리

그대 사랑으로 살고 싶어라
이팝꽃 늘어진 언덕길 봄의 계곡을 지나
꿈의 작은 집에서 행복으로 살고 싶어라

그리운 이의 가슴에 봄꽃 되어
향기 가득한 그대 품에 잠들고
그대 눈빛 바라보며 미소 짓는 모습
봄나물 캐는
그대 마음 나의 행복

현실의 삶이 뇌압에 눌려도
그대와 나
사랑으로 세상 빛의 꽃이 되고 싶다

조용히 들려오는 산새 소리
그대 아름다운 노랫소리
마음에 음률로 곤히 잠들고 싶네

사랑하는
그대 품속에서,

떠나버린 가을

가을은 떠났어요
바람에 낙엽 날리는
소리만 들어도
가을은 이미 떠나 버렸어요

아름다움을
그리움으로 남기고
안녕이란
말 한마디 없이
가을은
조용히 떠나고 말았어요

쓸쓸한
마음으로 가을을
보내기 전에
가을은
이미 어디론가
멀리
훌쩍 떠나고 말았네요

찬 바람에
낙엽만
거리에 남겨둔 채,

나그네 시인

외로움의 홀로인 시인은 말이 없다

조용한 곳에
시상의 글을 남기며
풍류에 즐기는 시인의 마음

인생을 회상하고
인생을 즐기는
시인의 고독

세상을 바라보고
저 높은 곳을 향해 볼 때면
시인의 마음은 슬프다

바람 따라 구름 따라 흐르는 인생
홀로
물 따라 길 따라 걸어가는 시인의 발길

외로이 홀로 정처 없이 걸어가는
시인의 나그네

하나의 시에 마음을 담고

하나의 시에 혼을 담는 시인

바람에 낙엽 뒹구듯

정처 없이 떠도는

말 없는 나그네의 시인.....

제목 : 나그네 시인
시낭송 : 박영애
스마트폰으로 QR 코드를 스캔하면
시낭송을 감상할 수 있습니다.

여정의 길

당신이란
그리움을 가슴에 담아
저 먼 여정의 길을 걸어가기엔
너무나 힘든 길이다

보이지 않은 곳에서
그대 그리움을 토해내어
사랑의 노래를 불러 봐도
여전히 길은 멀고 멀 뿐
여정의 끝은 보이지 않는다

저 푸른 초원의 빛처럼
눈부신 꿈의 빛 속에 우리는 마음을 묻고
세월이 가는 만큼
또 여정의 길을 걸어가야 한다

영원히 존재하는 곳이 없다 해도
우리는 그 길을 찾아 떠나는
인생 여정의 길이기에
오늘도 이렇게 걸어가고 있다.

빙하의 열정

날씨는 냉혹하다
마음에는 정열의 불을 데우고

뜨거운 온기 속에
그대 향을 음률의 향기로
태워
그 차가운 칼날들이
심장의 뿌리에서 조금씩 녹아내릴 때
온몸에 육신의 근육들은
경련으로 묶여 차가운 빙하의 온열이 되고 있다

한 방울씩 떨어지는
욕정의 눈물처럼
가슴에 닿는 따뜻한 순정으로
오랫동안 설원으로 응고된
내 마음을 녹이누나,

짝 잃은 물새 한 마리

수양버들 늘어진
잔잔한 호숫가
짝 잃은 작은 물새 한 마리

혼자서 우두커니 떨고 있구나

서산 어둠이 내릴 때
짝을 찾는
가엾은 작은 물새야

나 닮은
너도 참 슬프구나,

가을이 내게 준 사랑

가을 색깔도 짙어갑니다
또다시 오는 계절에
시월도 저만큼 멀어져
어느덧
우리들 곁으로 떠나가네요

석별의 정이 아쉬운 듯
나뭇가지에 매달려 나풀거린
한 잎에 붉은 단풍잎

그
한 잎도
언젠간 우리들 곁에서 떠날 겁니다

그러나
내 마음속에 담아 놓은
그 한 잎도
계절 따라
가지런히 내려놓아야겠죠,

독도

외로운 섬 하나
독도
파도만이 사방에서 철썩이는
고요한 바다다

끼룩 되는 갈매기
갯바위에 묻어나는 역사의 흔적
파도 속에 낡고 닳아
세월의 형체로 남아
하늘만 우두커니 바라보고 있구나

외로운 땅 독도여.

들국화

외로운 꽃
길가에서 향기 품으며
추위에 움츠린 꽃
들국화

바람에 한들거리며
연신 향기를 품어 내어
가을 사랑을 부르짖는 외로운 꽃
들국화

홀로 측은하게 피어
찬 이슬 머금고 외로움을 견뎌내는
애처로운 꽃
들국화

깊은 밤 추위에 떨면서
살갗을 움츠리다
다시 피어나는 본연의 향기
그 빛나는 향기가
바로 들국화입니다.

잊혀지지 않는 사람

문득
생각나는 사람이 있다
그리움이
하나씩 가슴으로 흘러나오지만

꽃잎같이 여린
내
작은 가슴에
접어 두었다가
문득 떠오르는 사람

무엇
하다가도
바람에 덜컹거리는
소리를 들을 때
혹여 그 사람이 아닐까
하고
뒤돌아보는
내겐 잊혀지지 않는 사람이 있다

잊었다
생각했다
먼 하늘만 봐도 보고 싶은
그런 그리운 사람,

커피 향 같은 사람

좋은 사람과
좋은 분위기에서
멋지게 차 한잔했으면 참 좋겠다
이 고독 서러운 날에

굳이 사랑하는 사람 아니어도 좋다
당신과 같이 품위 있고
멋진 사람이면 좋겠지만

그냥 소박한 말로 도란도란 얘기하며
정담을 나눈
커피 향 같은 사람
그런 당신이
왠지 오늘이 그립다.

옛 고향

옛날 걷던
그 오솔길을 걷고 싶다
아직도 지워지지 않는
옛 모습들의 그림들
오늘도 그리움으로 묻어나는
추억의 형상
지금은 그 흔적의 시로 남았네

그리워라
내 살던 고향
징검다리 건너고
냇가에 물고기 가재 잡던
그 시절
그 향수(鄕愁)가 그립다.

가을 속 외로움

가을이 내려온다
높푸른 하늘에서 가을빛이
내려온다
갈 바람 속에 흐르는 이 몸도
가을 속에서 물든다

바람이 흔드는 갈잎 소리에
풀벌레도 쓸쓸한지
이 가을을 노래하누나

거리에 뒹구는 가을 잎
낙엽 되어 흩어지고
빛깔의 채색들이 사라진 채
조각조각 찢어진 채로
이리저리 거리로 날아다닌다

천지에 익어가는 풀 내음들
나의 침실까지 스며들고
침묵의 굴레 속에 몸부림치는
그 외로움들이
덧없이 가을 속으로 뛰어 넘어간다.

바람이 되어 떠나리

바람이 되어 떠나리
자유의 길이라면
세월 속
그 낙원 찾아
나는 떠나겠네

불의에 길이면 어떠냐
바람으로
떠나는 인생인 걸
자유롭게만 갈 수 있다면
나는 그 길로 가겠네

냉가슴 안고
마음이 닿는 곳으로
어디든지
동행의 길로 훨훨 떠나가리,

이 좋은 날에

이 좋은 날에
그대 얼굴이라도 한번 보았으면 참 좋겠네

티끌 없는 너의 마음
청아한 너의 목소리
해 맑은 날
방긋 웃는 너의 모습 한번 보았으면 참 좋겠네

저 빛처럼
넓은 초원에 송송한 풀잎에 비취는
맑은 눈동자와 같이
촉촉한 너의 그리움이었으면 참 좋겠다

생각만 하여도
너 가득 안긴 듯한
그리움
보고 싶어
하늘만 보아도
마음 가득 찬 너의 모습
이 좋은 날에
갈색 향으로 그리운 너를 다 마시고 싶구나,

저 바다를 바라보며

나는 매일 바다를 보며
저 넓이만큼
저 깊이만큼
마음을 다듬질하고 있다

밀려오는
뿌연 파도 속에
회고의 마음들을
파도 속에 혼합시켜
하나씩 부셨다
다시 또 이어 보곤 한다

격동의 마음들을
파편으로 깨부수고
검푸른 바다 위에
수심(守心)을 띄워 보내
내 삶에 영유시켜

다시 떠오르는 희망과

동녘이

붉게 노을 질 때

그 아름다운 풍경에

내 마음을 담아 조용히 읊조려 본다

격동한 마음을 잠재우기 위하여,

기다리는 만큼만 행복하겠습니다

하늘을 보면 하늘이 되고
바다를 보면 바다가 되는
너를 보는 만큼
그 아름다움이 되고 싶습니다.

눈가에서 번져가는
뿌연 안개비 헤치면 걸어가는 길도
참 아름답습니다

밤별만큼 외롭지 않고
해를 기다리는
해바라기꽃같이 외롭지 않은
그대 기다리는 만큼만
나는 행복하겠습니다.

널 본 순간

널 본 순간
난
하나의 시어로
사랑에 글을 쓰고 있다

바람에 흔들리는 한 잎 낙엽같이
떨어지는 이별이긴 하여도
난 널
사랑으로 남기려 한다

언제나
마음속에 사랑의 시어로 넣어두고
괴로워하며
그리워해도 좋다

오늘도
내일도
그 순간순간
그 모습 그대로
난 널 그리워하며 살련다.

황혼 그리움

돌아온 길을 뒤돌아보니
왜 이리도 허무한가
앞만 보고 걷다 보니
내 몸 늙어 가는 줄 몰랐구나

몸도 마음도 모두 황폐해지고
갈 곳 마저 잃어버린
마음에 푸른 세월
쪽빛마저 검은 구름에 갇혀
농익은 얼굴이 되어 버렸네

세월
어느덧 중년
가을빛에 낙엽 떨어지면
또 하나의 세월 가듯
깊은 뇌리에 영역들이
조금씩 파멸되어 가겠지

인생
허탈함이 돌아 올 때
떨어지는 낙엽 날리듯
황혼 그리움
너 찾아 떠나리...

제목 : 황혼 그리움
시낭송 : 박영애
스마트폰으로 QR 코드를 스캔하면
시낭송을 감상할 수 있습니다.

가을 앓이

계절은 느닷없이 발톱을 세워
마음을 할퀴고
바람으로 날아가네!

청춘의 깃털을 뽑아
거리에 이리저리 나뒹구는
애절한 몸부림

쇠퇴해진 앙상한 나뭇가지에
바람만이 스쳐 갈 뿐인데

허전한 내 마음이
왜 자꾸만 슬픔이 흐를까?

계절로 흐르는 마음 앓이
성숙의 열매로 익어가는
가을빛이 아리기 때문일까?

애무

여인의 마음을 훔쳤다.

나의 분신을 다 주었다.

몽상을 깨뜨리고
음률의 쾌락이 되고 말았네!

온기의 입김을 맞추며
몽롱한 심혈을 뛰게 하고
박동의 수 만큼
사랑에 호흡도 마셔야 했다.

순간
아리따운 향기를
나의 온몸에 가득 품었네!

가슴앓이

저 하늘이 어찌 알겠소
내 슬픔을,

너는 구름 한 점 흐르다
걷히면 그만인걸,

바람인들 알까?

휩쓸고 간
내 상처,

널 보며
내가 슬퍼한 건
내 가슴앓이,

그곳에

그곳에
내가 시작한 곳
내가 멈춘 곳
그곳에 지금은
오롯이 추억이 쌓인 곳

바람이 불고
비가 내려도
그 흔적은 지워지지 않고
뚜렷이 남아 있는 그곳

세월에 묻어 있는
그곳이
추억일 뿐인데
아련하게 잠재에서 자꾸 떠오르네

변한 건 아무것도 없는데
하늘이 있고
땅이 있고
단지 추억에 젖어
무수히 흐를 뿐인데
띄엄띄엄 생각 나는 건
무엇인가

아직도 마음에는
그곳에
그 소리가 숨 쉬고 있단 말인가,

해는 뜨고 진다

해가 떴다
창문에 빼꼼히 새어 들어온 아침
이슬 머금은 빛들
살며시 나의 침실 허공에서 맴돈다.

밤새 꿈으로 허둥거리다
아침에
조용히 일어나
맑은 빛으로 마음을 정화 시키고
또 하루를 시작한다.

닫지 않는 희망
두 팔 벌려 가슴으로 안아 보려 하지만
그 빛의 공간은
저 허공에 파도일 뿐
꿈틀거리고만 있네!

채찍을 휘둘려
하루를 쫓고 쫓아
저 멀리 희미하게 비춰는 노을빛까지
가 보지만,

오늘도

무심히

아침 해는 떴다

저녁엔 지고 말았네

희망의 의미를 좇아가면서,

애상 1

창공을 오르다 본
저 하늘의 빛
애상에 서린 빛

조용한 밤
그리움 품어 내린
반짝이며 떨어지는 천사의 빛도
애잔한
슬픔이었네

외로움 감싸
살포시 내린
새하얀 속살
뽀송뽀송하게 깔린
솜털 같은 백설
하염없이
긴긴밤에 내린
애상은
추운 겨울밤
긴 동면으로 잠이 든다.

연가(戀歌)

눈 덮인 하얀 순백에
사랑을 남겨 놓고
정열에 불태운 그리운 사랑
백설 같은
너에 하얀 풋 가슴에
연가로 남겼네

촉촉한 눈망울로 바라보는
해맑은 모습
불꽃 같은 순정으로
너에게
슬픈 연가를 불러 주고 싶구나

너에
꽃잎 같은 입술로
나는
그 슬픈 연가를 듣고 싶다.

상흔의 고통

세찬 바람이 왔느냐
가슴에 파고들 만큼
고통의 흔적들

창문에 고성으로 소리 지르며
혼잡스러운 적막의 뇌파
마음에 애성도 놀라
밤잠을 스치는구나

상흔의 고통
쉬 물러가지 못하고
바람 탄 음률만 소리 지르고 있네

뒤흔든 밤을 매달아
마음의 영역을 거머쥐고
자유의 공간 속에서
내 볼모로
연정을 또 잡으려 한다.

임 마중 가야겠네

꽃피는 아름다운 날
봄 새싹 돋을 때

꽃님 가득 안으려
진달래 피는 산길로
나는 임 마중 가야겠네

아지랑이 사이사이 피는
그리운 꽃님이시여
사뿐히 꽃잎 지르밟고
곱게 오시어요

벌 나비 쌍쌍이
너를 반기며
춤을 출 때
나는 봄꽃 내음에
그리운 임 마중 가야겠네!

독백

뇌파에 아른거리고
동공에 찍힌
너의 모습 떠오를 때

그리움으로
너를 삼키며
마음의 육체로 포옹하는 나

세월의 길섶에 조용히 앉아
목마름을 기다리는
생명수 같은 너

향기 젖은 그 모습에
영혼마저 삶에 가두어 놓고
헌신적 독백으로
너를 사모하고 있다.

삶을 괴로워하지 말자

우울하고 괴로워질 때
마음이 떨어진 슬픔을 꼭 잡아주자

매듭이 엮여 몸부림치는
그물 속에 물고기처럼
애타는 마음은 되지 말자

오늘을 사는 하루만큼
오늘의 행복을 누리고
내일을 기다리는 희망은
또 내일의 희망으로 기다리며 살아 가자

아무리 철옹성 같은 벽이라 해도
생각하는 마음 막을 수 없는 것이 아닌가

삶이 꼬이고 엮기어도
마음으로 하나하나 풀면 되는 것

슬픔은 슬픔으로 풀고
아픔은 아픔으로 풀자,

평화의 꿈

저 넓은 바다
파도의 소리를 마음에 담고
출렁이는 은빛 물결을 바라보고 있다

마음에 품고 있는 푸념들
자유로이 흐르는 곳으로
끌어내지 못하고
생각의 망상 속에 깊이 가두어 놓은 채
마음의 억겁을 짓누르고 있다

몸의 각질을 벗겨라
파도의 하얀 비늘처럼
갯바위에 부딪히어 닳고 낡아
다시 평온이 오도록 가슴으로 가득 안아라

내 이름 새겨 놓은 흔적
수면위로 떠올라
세상 자유로이 볼 수 있도록,

묵상

고요하다
침묵을 깨고 일어선다
필묵으로 그어 놓은 나선(螺旋)의 형체처럼
어둠의 시간은
자꾸 선형(扇形)으로 흐르고
묵상(默想)의 언어들은
모두 자취를 감춰버렸네

가끔 벽을 두드리고
창문에 호흡하여
한 줄의 낙서로 그쳐야 하는
물음표에 점들
무엇을 그리고
무엇을 써야 하나

마음속엔 온갖 흐트러진
낱말들이 뒤엉켜
혼미하게 흐르는데
나의 묵필은
오늘도
조용히 쓰러지고 마는구나!

나는 스스로 일어설 줄 아는 들풀이 되리라

강인함에 짓밟혀도
새삼
또
일어설 줄 아는 들풀이 되리라

긴긴날
한설에 쌓여
추위에 떨면서
다시 새 생명의 촉을 틔우는
강인한 들풀처럼
그렇게

폭풍이 지난 자리에
불굴의 의지로 살아나는
나는
그런 들풀로 살리라

그런
향기를 품고
세상으로 살아가리다

스스로 일어설 줄 아는
들풀처럼
그렇게,

임 보고파

휘영청 달은 밝은데
보고픈 임은 간데없고

지나가고 오는 것
바람 소리뿐

고요의 침묵엔
그리움이 쌓일 때

저기
나뭇가지 사이에 흔들리는
달님뿐인가,

꽃잎

꽃잎 입술에
살며시 입을 대어 봅니다
입김에 바르르 떠는 꽃잎
진한 향기를 품어
코끝으로 스며든
진실에 유혹

봄의 경악으로
온몸을 전율케 하고
바람에 일렁이는 찬란의 빛들
한잎 두잎 꽃물로 물듭니다

마음의 뜨락엔
언제나 기다리던
그리움들이 곱게
님의
꽃잎으로
내게 다가서고 있습니다.

바이러스의 공포

사람을 가르는 벽
무서운 공포에 떨면서
숨을 죽여야 하는
생과 사

지구는 죽는다
가면을 쓴 인간도 죽는다
숨소리조차 격리해야 한다

모든 것이 진화되어 가는데
인간의 육신만이 퇴보되어 가니
너로 인해 죽고
나로 인해 죽는다

마시는 공기도 무섭다
바람이 올까 무섭다
어디에 숨을까
내 육신에 일부분도 믿을 수 없으니
그저 숨죽이고
기다리는 수밖에,

별

짙어진 어둠
파란빛의 별이
누구의 외로움 인가
반짝이며
촘촘히도 박혀 있네

가련하다
이슬에 촉촉이 젖어
청아(淸雅)해진
어두움의 밤
고요의 침묵에
별은 조용히 잠이 든다

시간을 묻으면서,

계절의 전환

봄이다
붉은 꽃잎에
또
하얀 눈꽃이 피었다

계절을 잃은 겨울의
망상

나뭇가지에 희망을 품고
뾰족이 눈을 뜨는
연초록 잎
꽃샘잎샘에 놀라
몸이 언 채로 움츠리고 있다

희망과 좌절을
느끼는 듯,

길 떠나는 인생

우리는 길 떠나는 인생

아름다운
꽃잎이 떨어져
한 줌의 흙이 돼
한 톨의 삶이 영글어 가는 씨앗

계절이 한 계절씩 떠나는 것이
우리가 걸어가는 추억의 계절로 영글어 가는 계절의 씨앗

우리
또한
술 한잔으로 배웅받고
다 영근
아름다운 삶의
길 떠나가는 인생의 씨앗일세,

꽃

꽃동산에서
너를 볼 때는
분명 환한 웃음이었다

동산에서 떨어져
바람에
휘날릴 때는
아주 슬픈 표정이구나

이리저리
떠돌다
제자리에
정착할 때는
꽃잎이 아닌
찢어진
상처에 낙엽이었네!

보고 싶은 사람

보고 싶은 사람은
마음에 담아
사랑의 애착으로 바라보는
그 마음이 너무 무겁다

보고 싶은 사람을 생각할 때는
행복한 꿈에 열정
사랑에 포만감
그리운 영상의 빛

어디서 무엇을 해도
떠오르는 그 모습
사랑의 열병에 앓는 것처럼
몽롱하게 실의에 빠져

밤이 되면
저 별의 외로움 속에
네 마음 끌어안고
매일 바라보는
별 하나

슬프게 반짝이는

어둠 속에서

보고 싶은

그 사람을 한번 생각해 본다.

마음(心)

흐르는 비도
흐르는 고요의 시간도
내 마음에 흐르는 침묵

따뜻한 봄바람도
봄꽃처럼 화사함도
꽃잎이 나풀거리는 외로움이다

사랑
사랑을 기다리는 거리
멀리 떨어져
매일 쌓이는
그리움의 침묵

생각은
언제나
마음에 꿈을 움직이지만
내가 바라는 희망은
저 멀리서 기다림의
사랑으로 서 있다.

인생

꽃은 빛을 보고 웃고
나의 손길에 향을 품고
정열에 꽃은 시든다

인생에 예쁜
꽃 한 송이를 담아
나의 수초(遂初)에
미지의 행복으로
너랑
나랑
세상에 보이는
저 아름다운 꽃이 되어 보자

그리움이 내게 온다면

그리움이 내게 온다면
추운 겨울이라도 좋다
봄꽃 보듯 마음 가득 품으리라

매일
바라보다
아름다운 꽃잎이 떨어진다 해도
연정의 씨앗으로 남기고

사랑하고
그리워하는 만큼
그 열정을 당신에게 모두 드리리

입가에 미소
가득할 때쯤 그때서야
나는
온 누리에 행복 가득 누리리라,

나는 책이 되고 싶다

생각하는 것이
보는 것이
내 마음에 담은
한 권의 책이 된다

보는 이 듣는 이 없어도
저편 어디엔가
손길 기다리며
섬광의 빛을 바라보는 이가
또 있다

잠재의 의식이
세상에 창이 되고
저 푸른 초원에 길이 되어
나래를 펼치고 싶다

어둠을 뚫어
마음에 양식이
세상에 펼칠 좋은
한 권의 책이 되어 보려한다.

야생화

만지고 싶어도
너무 이뻐 보고만 있다

만지면 너무 이뻐
꺾고 싶어 만질 수가 없다

아름다운 너는
언젠간
그 향기에 취하고 싶고

언젠간 너를 꺾어
그 아름다움을
내 마음에 간직하고 싶다.

꽃잎은 떨어지려 하는데

하얀 마음으로 태어나
백합처럼 아름다운 모태의 꿈들
나직하게 내려놓고
가지런히 쉬어가렵니다

순수한 달과 별을 보며
창공에 둘러싸인
유리 벽 같은 맑은 공기
찬 바람에 휘감기듯
내 마음에 푸념을
저 별빛에 쏟아붓습니다

밤의 정갈함이
별빛에 촘촘히 새어 들 때
나는
또 하나의
아름다운 꽃이 되려 합니다

시들어
떨어지지 않는
그리운 꽃으로,

개망초꽃

너는 나를
꽃이라 할 테지
흐드러지게 널려 있어도
그 꽃 속에는 아름다운 향기를 품고
미성을 듣고 싶어 한다

초야에 내음들이
곳곳에 흩어져
너의 하얀 꽃잎은
하늘만 바라보고 있는
야성의 꽃 개망초이다

피고 지고 피고 지고
목마른 갈증에
임 기다리는
하얀 개망초

그래도
그 꽃은 아름다운 청춘의
꽃이라지,

인생은 달린다

새벽길
그림자 밟으면
걸어가는
안개비 속에 동행
발자국마다 여물어 가는 인생의 종착에
또 하루 철길 위로 인생은 달린다

낡아 떨어진 분진 속에
갈라진 지구의 한 토막처럼
인생은
역동의 터널을 지나
고행의 길을 가고 있다

삶의 언저리를 벗어나
굴곡진 빛의 수정체에
삶을 녹이고
바람을 헤치며
인생은
달리고
또
달린다
희미한 안개비 속을 가르며,

바람으로 떠났다

잎새 사이로
너는 바람으로 날아갔다
병마에 시달린 낡아빠진 가지 흔들며

깡마른 풀잎 소리에
영혼마저 흔들고 지나갔다

고요의 밤에도
쨍쨍한 낮에도
모두 너의 소유인 양
마구 훑어가 버렸다

흔적의 조형만 남기고
자유롭게 휑하니 떠나가 버렸구나,

소낙비

마음에도 구름은 흐를까
내 초야엔
그리 무성하지도 않은데
왜 마음이 답답하기만 할까

한 줄기
소낙비
내 마음 촉촉이 적셔 놓고
그리움마저
내 초야에 묻어 버렸다

비 온 뒤 맑은 햇살
내 초야엔
초롱초롱 매달린
보석 같은 이슬도
금빛 햇살에 다 녹아내리고 만다.

꽃 속에 꽃이 핀다

너는 꽃이다
몽실하게 피어난
꽃 중의 꽃이다
너는
그 꽃 속에
또 꽃이 피고 있다
아주 아름다운 꽃으로

웃음으로 미소 짓고
마음속에 맺은 결실은
꽃 속에 피어나는
꿈의 꽃이네

희망을 가득 품은 꽃향기
마음속에 잠재우고
햇살 바라보며 웃음 띤
꽃 속에 꽃은
참 아름다워라!

아름다운 사람

아름다운 사람은
얼굴이 예쁜 사람이 아닙니다
바람이 불면 바람을 알고
비가 오면 비를 아는
내면적인 사람이 아름답습니다

보면 볼수록
얼굴에 미소 가득한
웃음 띤 사람이 아름답고
보면 볼수록
마음이 따뜻한
그런 사람이 참 아름답습니다

그런 사람은
내 마음에 오래오래 간직하고 싶고
그런 사람을
내 옆에 오래오래 두고 싶습니다
그런 사람은
늘 그런 사람을 그리워할 겁니다.

밤바다

캄캄한 밤
철썩이는 바다
하늘과 별을 보고
어두운 밤을 조금씩 태운다

검푸른 수심이 밀려
쪼개고 쪼개어
바위에 부딪힐 때
그것은
영혼가의 반주가 되어 버렸네

저기
바다 건너 깊숙이 빠뜨려 놓은
네온의 불빛들도
초라한 모습으로
바다 밑에 가라앉아
내 마음의 초석에서 자유로이 밤을 유영하고 있구나

나는

그곳에

뿌려 놓은

마음과 생각

사색에 젖는

검푸른 바다가 되어 버렸지!

도심 속에 호수

도심 속에 한적한 호수
노을빛에
붉게 물들어 있는
연 꽃잎 같은 풍경
호수에 잠겨
물그림자 품은 임의 향기에
사방 풍치 둘러보며
황홀함에 젖어있다

이곳저곳
속삭임 소리
연꽃에 새겨 놓고
잔잔한
그 호수의 품위를
나는 닮아가네

노을이 호수에 잠들고

야경의 빛이 어리는

저 별빛처럼 아름다움도

동녘 빛에 희석되고

연인들의 동행이

저 강가 네온 빛처럼

흔적만 남겨 놓고 사라지네!

* 경산 남매지 호수를 둘러보며

바람의 시

저곳이 빛이라면

나는 시가 될 것이다

한 잎에 꽃이며

한 잎에 낙엽이며

그것을 보고 난 눈부신 시를 쓸 것이다

가끔 내게도 바람이 있다

조용히 멈출 때도 있고

마음을 송두리째 훑어버린 슬픈 바람

그곳에

나는 시를 쓰고

시를 남길 것이다.

세월 속에 피는 꽃

얼굴에 묻은 슬픔
긴 여운의 세월로 씻어 내고
환희에 웃는 미소
그 아름다움이
세월의 꽃으로 맺힌다

오랜 날 낡아 떨어져
쓸쓸함이 품에 안겨도
새로운 새싹 돋듯
웃음꽃으로 너를 꽉 안으리

긴 날 수만 리 멀어도
세월에 피는 꽃은
참 향기 짙은 꽃이었네

오늘에도
네가 피우는 꽃은
옛 모습 그 향기와 똑같구나!

밤 별

오늘은 별 하나
마음에 품고 싶다
유난히도 반짝이는
저 별을

외로운 밤
매일 그리움으로
널 예쁘게 바라보고 있지

내 마음 닮은
슬픈 연정에 빛을
나는 품고 싶다
저기 저 깜빡이며
떨어질 것 같은
밤 별을....

인생 유랑

사계의 빛들이 새겨진
자연의 그림 속에
인생이 물들어 가는 길을 가고 있다

탈선을 피하기 위해
열차를 타고
종점을 찾아
달리는 인생 열차

지금 그 막차는 달린다
종전 불빛을 깨고
어둠을 가르며 자유로이 달린다

바람에 구름처럼
창공을 흐르며 떠나는
그림자

나는 몸을 싣고
그곳으로
인생 유랑의 길로 가고 있다.

가을 향기

가을빛이 청렴하여
그 향기도 풍자하네

갈 바람에 흔들리는
가을빛 향기

단풍잎에 묻어 나는
정열에 향기

내가 짙게 품어 내는
마음의 향기까지

가을을 상징하는
국화 향기에
모두 스미어 있네!

그리움이여

너를 생각 하노라면
네 이름 떠오르노라

옛적 이름 부르다
창공에서 흩어진 이름아

별빛처럼 빛나게 부르던
사랑했던
그 이름이여
그리운 이여
창공에 메아리 퍼진
내 사랑 부서진
그 이름이여,

달빛

강 끝 홀로 앉아
달빛 떨어진 강물 바라본다
은빛 물든 검푸른 호수에
상념을 잠재우고
가지런히 펼쳐 놓은 밤의 조형들이
물꼬리 흐르는 야성의 소리에
어디로 훌쩍 떠나가려는가
은빛에 실어 놓은
영광의 빛들이,

가을을 바라보며

형형색색으로 물든 가을
아름다움으로
이 가을을 가득 채운다

붉게 타는
가을 냄새와 함께
갈색 향을 뿌려놓고
가을 잎
스치는 소리를 느껴 본다

그 소리에
나는 가을 망부석이 되어
가을이 비취는
저 하늘만 바라보고 앉아있다
가을이 가는 것을 보면서,

가을 애심(愛心)

애써 가지 않으려 해도
눈빛 속에서 조금씩 떠나가고 있다

그 붉은 빛을 보며
가을을 뜨겁게 불태워
떨어지는 낙엽을 어루만져 보는
가을 사랑
그 가을은 조금씩 식어 간다

얼마나 익었나
홀연히 떠나고 싶어 하는 가을이
내 마음 갈색 남기고
텅 빈 나뭇가지에 이별의 애심으로 남기누나,

낙엽 떨어지는 날에

저기 한 잎에
잎이 떨어진다

찬 서리에 매달린 이름 모를
잎이여

나는 너의 사색이 아름다워
마음에 홍조된 빛까지 나뭇가지에 매달아 두고

언제든 낙엽 떨어지는 가을을 바라본다

오늘에 한 잎

내일에 또 한 잎

온 가을이 겹겹이 쌓여
많은 날이 흐르고 날리어
끝내 그리움만 한없이 쌓이네

매달아둔
마지막 가을이 떨어지는
그날까지,

그때 그 모습

꽃잎을 자세히 보니
참 아름답다.

내가
널 볼 때도
꽃잎 볼 때와 같이 참 아름다웠다.

오늘에 너는
세월에 찌던 그 모습이 더 아름답구나!

그래서
나는 늘 꽃 피는
그 봄을 기다리고 있었는지도 모른다.

너에 그 아름다운
그때
그 모습을 보기 위하여,

정으로 남기리

뜻으로 이루어 질 수 없다면
사랑보다 깊은
환희의 열정을 담아
오늘에 뜨거운 마음이 되리다

그대 연연(娟娟)한 마음으로 볼 수 없어
세월에 수를 놓고
마음의 심지에 불을 붙여
밤을 녹이는 촛불이 되리다

어두운 밤 달이 되고
별이 되어
은하수 다리 건너
꿈의 축복을 만들어
계절 계절마다 피는 꽃에
향기 깊은
그대 마음 심어 놓으리,

외로운 새

새야
나목 끝자락에 홀로 앉아
외로이 슬픔 흘리는
나뭇잎에 이슬 떨어지듯
슬프구나

청아한 너의 목소리는
고요의 침묵 속에
나지막하게 산천을 울리네

하늘빛이 고와 눈부셔
넌 보이지 않아도
산천에 미묘한 운치는
쓸쓸한 고독
옛 봄 생각함이로다

새야

슬픈 새야

나목 끝에 백설 쌓이고

앉을 곳이 없어

하얀 구름이 떨어지면

파란 옛 봄이

또 그리워지겠지

옛날 숲의

그때처럼,

바람에 날리는 잎

잎이
뚝 떨어진다
강물에 뚝 떨어진다
의미 없이
소리도 없이 그냥 유유히 흐르고 만다

가야 할 길이
마지막으로 떠나야 할 길이
뒤 볼새 없이
강물에 통통 그리며 떠내려간다

바람에도 날린다
이리저리 흩어진 낙엽이
곳곳에 덩그러니 쌓여
이대로
쭉~ 이별하고 만다.

태양이 떠오른다

저 수평선 너머
용광로에서 붉게 달구어진
뜨거운 태양이 떠오르고 있다

물빛조차 까맣게 태워버린
잿빛 하늘에
평온에 기상이 피어오른다

무상의 생각 속에서
채색을 꾸며 내는
광채의 포물선 따라
하루의 동토는 시작된다

수평선에서 밀려오는
무념의 언어들과 함께,

울지 않는 새

오늘 울지 않고 앉아 있는
새를 보았다
홀로 외로이
움츠리고 앉아
조용히 둥지를 트네

세월을 흩트려 놓고 사는
자아적인 마음속에
홀로 삼켜야 하는 그 슬픔

얼마나 긴 세월에 담아야 할까
가슴속에 쌓인 슬픔
마음에서 영유(永有)할 때
상처의 고통이 헤지고
내 삶의 기억에 부표(附票)를 여기에 찍는다

거짓과 허세의 인간 영역에서
살아남아야 하는
허탈함이야말로
인간 본능의 삶을 잃어버리고
살아가는 것이 참으로 안타까움이다

괴롭다

저 새와 같이

마음속에 감추어야 하는 슬픔

취하도록 술을 마셔도 괴로움을 다 마신 듯

가슴은 답답하기만 하다

세상 걸어가는 것이

참 멀기도 하네!

동목의 절규

창공을 얼게 하는
유리 파편 같은 매서운 바람
온통 서릿발을 밟으면
마음을 깨부수고 있다

헐벗은 나뭇가지 사이로
매혹한 바람길이 되어
화살 같은 비수를 맞으며
몸부림치는 동목에 절규

아프도다
온 겨울을 받으니
몸통이 부서지도록 아프도다
그토록 언 몸통은
고통의 연발
언제 따뜻한 해후의 계절을 만나리,

마음에도 봄은 올까

가슴 시린 냉기에
마음이 아프다
슬픔이 녹아
깊은 마음에도 봄이 왔으면

어두운 밤
외로움을 한없이 태우며
홀로 흘리는 눈물
그곳에도 따뜻한 봄이 왔으면

정(情)의 손길
너의 따뜻한 빛이면
쌓인 얼어붙은 냉기도
사르르 녹아
파릇한
희망의 봄을 기다려 볼 텐데,

산사(山史)의 계곡

청정한 산사
마음을 여미며
사뿐히 발길을 옮기는 산사에 고요
바람 살도 차갑다
어스름한 달빛
그림자 밟으며
어둠에 마음은 조용히 내려앉네

하늘도 고요하고
별도 촘촘히 박혀있고
나뭇가지 사이로 스치는
바람 소리는
뉘에 소리인가
임을 그리는 소리인가
가슴 울리는 산사의 침묵인가

고요에 쌓여
외로움이 흐르는
산사의 밤에는
내 마음의 고독이다.

등대

나는
너의 길잡이가 되었다
어둠 헤맬 때
나는
깜박이는 너에 등불의 길잡이가 되었다

나는
너를 부르고 있다
목놓아 울며
애석하게 너를 부르고 있다

이리저리 고개 저며 너를 기다리는 홀로 등대

꿋꿋이 서서
너를 애타게 부르짖는
등대의 길잡이,

추억의 그리움

추억의 빛이 보인다
잊고 있던 생각들
커피 향 속에 피워 올라
옛 그리움 생각한다

세월의 피켓을 들고
그 욕망을 부르짖다
실의(失意)에 젖어 보기도 한다

하얀 눈설 꽃이 피어 있고
하얀 목련화가 피어 있는
그 옛것도
지금은 하얀 백설이 녹아버린 아름다운 옛꿈이런가

오늘에
그 추억들
향기 속에 추억들
파도의 포말처럼 끓어오를 때
그때의 정열은
또다시 숨을 쉰다

바람이 쉬었다
다시 부는 것처럼
옛 생각은 수없이 자꾸 떠오른다.

들풀처럼 살라지

들풀처럼 살라 하지 않았던가
잡초 같이 살라 하지 않았던가

비록
들풀 잡초이긴 하지만
그 아름다운 향기는
넓은 들녘에서 맡을 수가 있고
보면 정겨이 만질 수가 있다네

가련하지만
짓밟아도 쓰러지지 않는
굳은 의지
그런 신념에
들풀로 살라 하지 않았던가

바람이 불면 부는 대로
비가 오면 비에 젖어
살라지

나 그렇게 살아 보고 싶다.
들풀처럼
그렇게,

둥지 떠난 새

산에는 새가 운다
산새가 운다
봄꽃이 피는 날에도
봄꽃이 지는 날에도
새는 자꾸 운다

산에는 새가 우네
산새가 우네
짙은 풀숲 할 것 없이
여기저기서
새는 자꾸 우네

가을날 낙엽 떨어지는 날에도
겨울날 하얀 눈이 내리는 날에도
봄 계절 할 것 없이
아름다운 새는 자꾸 운다

오늘도

아름다운 새는

외로움 떨구며 둥지를 휑하니 날아가 버렸네

울음을 멈추지도 않고

빈 둥지만 덩그러니 남겨 놓고서

떠나고 말았네!

길손

바람에 잎 날리고
살결에 솜털 날리듯
살포시 살포시 소리 없이 지나가나

물 위에 파문 일고
솜구름 날리듯
그렇게
뭉실뭉실 떠가나

낮이고 밤이고
시간 잰 일 없이 가버린 넌
나그네 길손

내 마음 스치고 지나가니
모두가
환상의 일환일세,

슬픔 속에 눈물

나는 슬픔을 알고 나서야
비로소
구름이 슬픔을 안고 있다는 걸
나는 알았다

나는 눈물을 흘려 보고서야
슬픔이
눈물이 된다는 걸
나는 또 알았다

가슴에는 수많은 날을 기다리며
슬픔도 눈물도 흘려 보고
쓴웃음 한번 웃어 보는 게 아닌가

꽃도
저 구름 속에 쌓인
슬픔에 빗물을 먹고서야
아름다운 향기를 품어 내듯

인생도
온갖 고난의 세월 속에서
기쁜 향기가 피어나는 게지,

옛 그리움

사랑이 피어난
그 자리엔
항상 그리움이 남더라,

바람결에 조금씩 들릴 듯한
젊음의 그 자리
그 푸른 빛들은
낙엽 되어 바람에 날리고
인연의 그리움이
세월 속에 젖는다.

조용한 시간의 공백을 메우는
자유의 자리엔
그 시절이
우수수
그리움 되어 떨어지네,

파도처럼 일렁이는

가슴마저 잠재워

흐르는 시간 속에

그 이름하나

불러 보는

그때

그 모습만 바라보고 있을 뿐이다.

꽃은 피고 지는데

꽃은 피고 지는데
바람은 연내 향기를 듬뿍 안았네!

올 안에 피는 꽃들은
내 마음에 오롯이 묻혀 놓고 사뭇 흩어지고 마네!

철철이 피는 꽃이
마음에 사무쳐
그리움으로 흠뻑 빠졌다가
다음 해 필 때도
또 그리움으로 가득 남겠지,

봄이 오는 거리

새하얀 봄꽃
너울거리며 춤추는
봄바람에 일렁이는 꽃 파도,

거리에 나풀거린 사랑 잎
하얀 배꽃 살 같은 엷은 살갗에
포동포동하게 맺힌 망울들이
봄에 입김을 맡으며 톡톡 튀어나온다.

눈 부신 햇살에
빛으로 입맞춤하고
향기 풍기는 하얀
미소의
봄 거리는
마음으로 깊이 파고드네!

대기에 쌓인 내음들
온 거리에 둘러싸여
봄을 훈훈하게
세상으로 널리 가득 뿌리누나!

세월이 바람인 것을

손영호 시집

2020년 5월 27일 초판 1쇄
2020년 6월 2일 발행
지 은 이 : 손영호
펴 낸 이 : 김락호
디자인 편집 : 이은희
기 획 : 시사랑음악사랑
연 락 처 : 1899-1341
홈페이지 주소 : www.poemmusic.net
E-Mail : poemarts@hanmail.net

정가 : 10,000원

ISBN : 979-11-6284-211-9